그리움을 품은 바다

작가마을
도서출판

그리움을 품은 바다

초판인쇄 | 2017년 11월25일 **초판발행** | 2017년 11월30일 **지은이** | 이복심
펴낸이 | 배재경 **펴낸곳** | 도서출판 작가마을
등록 | 2002년 8월29일(제02-01-329호)
주소 | 부산시 중구 대청로 141번길 15-1 대륙빌딩 301호
　　　 T. (051)248-4145, 2598 F.(051)248-0723 E-mail: seepoet@hanmail.net

정가 / 9,000원
2017 ⓒ이복심

국립중앙도서관 출판예정도서목록(CIP)

국립중앙도서관 출판예정도서목록(CIP)
그리움을 품은 바다 : 이복심 시집 / 지은이: 이복심. ──
부산 : 작가마을, 2017   p. ;   cm ISBN 979-11-5606-086-4 03810 : ₩9000
한국 현대시[韓國現代詩]
811.7-KDC6
895.715-DDC23   CIP2017031347

이 도서의 국립중앙도서관 출판예정도서목록(CIP)은 서지정보유통지원시스템 홈페이지
(http://seoji.nl.go.kr)와 국가자료공동목록시스템(http://www.nl.go.kr/kolisnet)에서 이용
하실 수 있습니다.(CIP제어번호: CIP2017031347)

부산광역시 BUSAN METROPOLITAN CITY　부산문화재단

본 도서는 2017년 부산광역시, 부산문화재단 지역문화예술특성화지원사업으로 지원을 받았습니다.

그리움을 품은 바다

하현河賢 이복심 시집

시인의 말

시를 쓰며 나도 알지 못하는 그리움의 감정이 과연 무엇일까 고민해봤습니다. 어머니, 어린 시절의 추억, 잃어버린 꿈 등 많은 그리움이 있었지만, 그 중에서도 제가 가장 그리워했던 대상은 바로 제 자신이었습니다. 시를 쓰기 전, 저는 평범한 주부이자 두 딸의 엄마로서 '나'라는 존재를 잊고 산 지 오래였습니다. 그런 제게 시는 '그리움'이자, 잊고 있었던 나 자신을 발견하는 시간이었습니다.

 첫 시집을 출간 한 지도 1년이 지났습니다. 뭐든지 모르면 용감하다는 말이 있듯이 덜컥 첫 시집을 내고선 얼떨떨한 기분으로 1년을 보냈습니다. 한국예술인 복지재단의 지원 사업 덕분에 예상보다 일찍 두 번째 시집을 출간하게 되었습니다. 첫 시집의 풋풋함보다는 좀 더 농익은 시를 쓰려고 했습니다만 설익은 듯한 부끄러움이 앞섭니다. 부족함이 많은데도 기회를 주신 심사위원님들께 감사드립니다. 세상에 내놓기엔 아직 부끄러운 시이지만, 설익은 그 나름의 맛을 즐겨주시면 좋겠습니다.

 시집을 발간하기까지 도움주신 부산대학교 최원철 명예교수님과 우전문학회 회원님들께 감사의 말씀 드립니다.
 저의 시집을 통해 제 가족과 모든 지인들이 잠시나마 잊고 지낸 '나 자신'을 다독이는 시간이 되었으면 좋겠습니다.

2017년 11월 저자

이 복 심 시집

|차례|

그리움을 품은 바다

이 복 심 시집

그리움을 품은 바다

이 복 심 시집

제 1 부

달맞이꽃

보름달이 떠 있는 밤에
노랗게 핀
언니의 얼굴

환하던 그 웃음 어디가고
고개 숙인 노란 얼굴
슬픔에 가려 볼 수가 없다

밤새워 애만 태우던 그리움
만나지 못한 아쉬움 안고
꽃잎은 서서히 시들고 있다

벌써 달이 저무는데

방아섬에서

그 날 새벽은
안개가 피어올랐다
갯내음 몽글몽글 풍기는
섬 안에는
흔한 텔레비전도 없다
화면을 마주하던 시선은
너를 보고
이야기의 정을 꺼낸다
땡땡땡
초등학교 점심시간에 들었던
추억의 종소리 울리면
섬 안의 식구들 식사시간
잡곡밥과 천연재료의 반찬은 작품이다
복잡한 도시를 벗어나
맑은 마음으로 하루를 쉬어 간다

천리향

바람이 실어다 준
그 향기에
코끝이 화사하다

가까이 가면 갈수록
취하게 하는 그것에
머릿속이 노랗게 꽃물 든다

멀어지면 멀어질수록
은은하게
뒤돌아보게 하는 매력

잠시 만난 사람도
아름다운 말의 향기는
천리를 간다

상사화

그리움에 사무친다
언제 너를 만날까
오직 한 번만이라도 보고 싶다

기다림에 지쳐
목 줄기는 길어지고
애타는 마음 서럽다

네가 피었다가 사라지면
나는 외롭게 홀로 피는
엇갈린 운명

청춘을 잃기 전
보고픔에 피멍들어
꽃은 붉은 피를 토한다

순매원에 간다

매화가 그토록
기다리던
봄 보러 간다

겨울 끄트머리에
날리던 외투
가볍게 벗고

그리움 하나로
창을
여는 꽃

초연하게 미소 짓는
그 기다림 보러
순매원에 간다

립스틱

향기에 젖은 고운 마음
촉촉이 스며들면
꽃이었다가 안개였다가

거울 앞에 앉으면
앵두같이 저 혼자
붉었다가 지웠다가

사랑하는 이여
나를 기억하는 언어 위에
당신의 립스틱을 인장처럼 찍어주오

행복한 여자

우산을 받쳐 들고
꽃길을 걷는 여인
그대로 낭만이다

마음속이야 어떻던
누가 안다고

시는
내게 언제나 그랬다

아주 멀어지듯
가까이 오는 듯
비 오는 날
꽃길을 걸으며
시를 유혹 한다

선운사 동백꽃

동백꽃 보러 여기까지 왔는데
붉은 꽃은 어디가고
검푸른 동백 숲만 울창하다

대웅전 뒤뜰
이른 마중 나온 꽃
선홍빛 고운 웃음으로 마음 달래주는데
꽃샘바람 불어와 뚝뚝 떨어지는 꽃송이
숲에 놀던 동박새도 슬피 운다

추운 겨울 견디며 피어난 꽃
지는 건 한 순간

아쉬움 가득 안고 돌아서는데
부처님 등 뒤에서 시절 인연 아니라고
다시 오라 이르신다

바다의 반란

성난 파도가 절벽을 집어 삼킨다
부서지고 깨진 흔적들
반란군이 일어났다

태풍은 물대포를 쏘아 올린다
이어지는 가슴과 가슴은
쓰러지지 않았다

더 이상 화나게 해서는 안 된다
많은 것을 안겨주고
도로 거둬버린 바다

감사의 마음으로
무엇이든 품을 수 있어야
반란은 멈출 것이다

어머니의 침선방

어머니의 침선방이 내 안에 있다

한 땀 한 땀 정성어린 손놀림에
인내와 한숨으로
지새우던 밤

작은 조각천이 이어져 예쁜 조각보 되고
하얀 벽면에 걸린 화려한 색감은
후불탱화가 된다

보일 듯 말 듯 가리는 모시가리개
어머니의 눈물이
과거 속으로 흐른다

기억 저편에서 숨 쉬고 있는
어머니의 삶이
내 마음에 흐르고 있다

노란 알레르기

송홧가루에 물든 오월
노란색이
길섶을 덮는다

소나무 아래서 위를 보면
꽃가루를 매단 수술이
송전탑 같이 여기 저기 솟아 있다

꽃가루도 인공수정 하려나
나의 목에 앉아
꽃을 피운다

벌겋게 부어 오른 목
가려워 긁는 손을 향해
분노하여 반란을 일으킨다

첫눈

얼마나 오랜만인가
기다리는 마음
설렘으로 다가 온다

첫눈이 내리면 만나자던 약속
지킬 여유도 없이 잠시 왔다가
아쉬움만 남기고 사라져버린 너

아무리 어지러운 세상이라도
너를 보는 순간만은
기쁨으로 가득 찬 모두의 마음
추억에 젖어든다

언제 다시 오려나
온 세상 하얗게 품어 줄
네가 그립다

나목

푸른 잎 무성 할 때
온갖 새들
모여들어 재잘대었고

울긋불긋 물들 때
한철 단풍객들
요란 떨며 카메라를 들이대었다

이제와 낙엽은 떨어지고
앙상한 가지 위 빈 둥지
소문만 바람 되어 나부낀다

기억 속 푸르렀던
그날은 언제였나
잿빛 하늘에서 비라도 내리기를

긴 겨울
벌거벗은 나목은
고개 숙여 소리도 못 내고 운다

바람에 흩어진 꽃

구월의 바람은 햇볕 따라 놀고
잔디 사이에
망울망울 솜사탕 꽃이 피었다

후후 입 바람 불면
꽃잎 날아가는 재미
내 마음 꽃바람 되어 가볍게 난다

새털보다 가벼운 몸짓으로
바람 따라 흩어져
한 줌 흙으로 잠든다

보랏빛 그리움 안고
먼 훗날 다시 만날
너를 기다린다

유리성

파란 하늘 아래
투명한 유리성 지어주고

헐벗은 손등 위에
유리반지 끼워주던 당신

가진 것 없어도
투명하게 빛나던 그 시절

파란 유리성은 당신의 마음
그 속에서 영원히 빛나리라

하얀 꽃등

사월의 거리는
달빛 없는 밤에도
하얀 꽃등이 불을 밝힌다

겨우내 움츠렸던
마음의 문 열고
화려한 터널 속을 신나게 달린다

모두의 가슴 속에
내리는 꽃비
하얀 기쁨이 온 몸을 적신다

빛 한 줄기 없어도
어둠을 밝히는
나도 꽃등이고 싶다

추억

바다에 떠 있는 작은 섬
새까맣게 그을리며 놀던 추억이
해변에 묻어 있다

고동, 게, 따개비를 따느라
다리에 소금 꽃이 핀 소녀
하얀 물살 가르며 다가오는
오빠와 손잡고 집으로 오던 해변

해지는 줄 모르고
소복한 바구니에
신바람도 담아 즐기던 때가 그립다

욕심 없던 소녀의 바다는
지금도 잔잔하게 밀려오는데
노을진 그 섬 바라보며 그리움에 잠긴다

제 2 부

우산 꽃 피는 날

색색 우산꽃
다정히 걸어가는
봄비 내리는 날

딸아이 비 맞을까
한 손엔 빨간 우산
다른 손엔 노란우산

초등학교로 총총히
걸어가는 발걸음 바쁘다

그 때의 나만큼
세월을 먹은 딸
언제 다시 우산 꽃으로 마중 갈까

비는 내리는데

아는지 모르는지

소리치면 닿을 곳인데
하늘을 우러러
그리움만 띄웁니다

그대 향해
새털처럼 가볍게
날아오르면 좋으련만

내 마음 아는지 모르는지
하늘은 눈이 시리도록
푸르기만 합니다

그대 향해
빛처럼 환하게
다가가면 좋으련만

내 마음 아는지 모르는지
달님은 눈이 부시도록
환하게 떠올랐습니다

홍매화

시린 겨울
모진 바람에도 뜨거운 가슴
안으로 품으며 살았다

긴긴 밤 외로움을 달래며
행여 님이 오시기를 귀 기울였으나
떨어지지 못한 낙엽만 애처롭다

어느덧 얼음 녹는 물방울소리에
살며시 사립문 열고 보니
작은 새 한 마리 봄소식 전한다

푸른 하늘 온통 붉게 물들고
바람이 열어준 길
거기에 선 나

붉은 꽃으로
맞이하는 님에게
달려가는 내 마음은 봄이다

태종사 수국

영도 태종사에
물결을 이루는 환호성
수 천 송이 수국이 모였다

아침 이슬에 햇빛 내리면
수줍은 꽃송이
색색으로 영롱하다

부처님 말씀 듣고
자란 덕분에
이렇게도 고울까

절 마당을 채우는 꽃과 보살들
대웅전의 부처님
미소가 인자하다

꽃눈 내리는 날

미세먼지 주의보 내린 날
남천동 벚꽃거리는
환희의 물결로 출렁인다

지나는 발걸음에 짓밟힌 벚꽃들
길 위에 융단이 되어
연인들 앞날에 축복을 빌어준다

단 열흘간의 짧은 기간
일제히 피었다가 떨어지는 분홍빛 꽃잎은
흙으로 돌아가 윤회의 길로 들어선다

배롱나무

배롱나무는 울고 있다

메마른 하늘 향해
구불구불 굽어 자란 등걸
손길이 닿자
간지러운지 파르르 떤다

뜨거운 태양 아래
붉게 타오르던 꽃잎
무더위 속에
폭죽처럼 쏟아졌다

백일동안
붉은 마음 잃지 않으려고
피고 진 아름다움이
비처럼 내린다

봄의 들판

얼었던 땅이 녹고
움츠렸던 마음에
봄이 기지개 켠다

작은 풀잎 위에
연보라 꽃송이
얼굴 내민다

너무 작아
쉽게 눈에 띄지 않지만
피고 피고 또 핀다

송이송이 모은 꽃잎
하트모양 그리며
봄의 들판에서 겨울을 털어낸다

봄빛

얼음이 채 녹지 않은
미나리 밭에
연둣빛 봄소식이 전해지면

눈 속의 매화
연분홍빛 미소로
봄을 맞이한다

연노란 햇볕 아래
나른한 고양이는
꾸벅꾸벅 조는데

어느새 봄빛들이 다가와
봄이 왔노라
창문을 두드리고 있다

봄을 캐는 여인

대지를 뚫고 나온
여린 새싹을 품에 안은
봄을 캐는 여인

삶이란
그렇게 쉬운 게 아니란다
속삭여 다독이는
봄을 캐는 여인
망울망울 맺은 이슬
네 눈물 될라
아가야
아가야
예쁜 새싹아

장미축제

애드벌룬 화사한 오월
쉴 새 없이 달리던
자동차가 멈춰서고
종종걸음으로 앞만 보던
사람들이 한눈을 판다
길가에 줄지어 선 빨간 장미
넝쿨에 무리지은 분홍 장미
울타리에 걸터앉은 노란 장미
장미들이 내뿜는 향기에
정신이 아찔해져 오고
축제는 무르익어 간다

수련

내 마음은 빗속에 피어나는 수련
방울방울 떨어지는 빗방울
잎사귀에 받쳐 들고 견디는 마음
흔들어서 떨쳐버리면 그만이겠지만
투명한 물방울과 나누던 대화
잊히지 않아 여기까지 왔기에
무거워도 참고 있는 수련의 잎새
오늘을 피게 하는 보랏빛 꽃송이
빗속에도 끊임없이 피고 지는 수련

벚꽃 터널 아래서

봄비 내리는 날
후루루 떨어지면
나는 어찌 할까

무너진 터널 아래
꽃님 흔적 아파서
나는 어찌 할까

만개하여
웃던 그날 생각에
나는 어찌 할까

백목련

우듬지에 앉아
하얀 날개 펼치며
반겨주던 너

봄비 내리면
희뿌연 먼지로 뒤덮인 날개 씻어내려
가지를 더 높이 치켜들었고

꽃샘추위 불 때면
겨울외투 대신 여리고 하얀 속살 드러내며
온 몸으로 봄을 맞이했고

무심한 내 마음에 서러운 날이면
골목길까지 따라와 소리 없는 아우성으로
그리움의 나래를 펼친다

제라리움

초록이 무성한 겨울 베란다
한 송이 붉은색
자유의 횃불
계절을 망라하고
죽고 살기를
이제
살아야 한다는
뿌리의 울림
살짝 열린 창으로
따라 오는 봄

해변의 밤

수많은 불빛들로
반짝이는 해변의 밤
바다 위에 달빛이 찰랑이는데

해변에 밀려오는 물결
연인들의 발걸음 피해
조각난 달빛 모으기에 바쁘다

커피 향은 달빛에 흐르고
마주치는 와인 잔이 밤바람을 흔들어도
앞만 보고 걸어가는 연인들

달빛은 여전히 그윽한데
흐트러진 모래 위엔
발자국만 어지러이 남아 있다

그리움을 품은 바다

그리움은 넓은 가슴을 가지고 있다

아침 햇살 내리면
안아주는 깊은 마음
반짝이는 윤슬로 잔잔하게 미소 짓는 너

노을이 붉게 타오르면
감싸주고 싶은 저녁 하늘은
온통 오렌지빛 그리움으로 물든다

너를 둘러싼
불빛들이 찬란하지만
달빛 하나만으로 충분히 아름다운 너

어떠한 물음에도 침묵하는
깊이를 알 수 없는 가슴 속에
너는 그리움을 품고 있다

제 3 부

베니스 수상도시

집들이 동화 속에서 둥둥 떠다닌다
화려한 곤돌라가 오가며
천오백년의 세월 동안 물길을 낸다

줄무늬 티셔츠에 밀짚모자를 쓴
이태리의 멋진 젊은이
말없이 세월의 노만 젓는다

흐르는 강물 위
인간이 일일이 말뚝을 박아 만든
물의 도시 베니스

리얄토* 다리를 지나는
무표정 속에 아름다움이 있고
고된 노동 속에 낭만이 흐른다

*리얄토 다리 베니스에 있는 다리

스위스 융프라우

산악열차를 타고
절벽을 따라
춤추는 구름 위를 산책 한다

새파란 하늘 아래
만년설이 뒤덮인 빙하
서서히 녹고 있지만 계속 된다

그 눈부신 "젊은 여인"에게 반해
머무는 시간이 길어 뛰어 내려오다
뜀박질하는 가슴에 어지러운 두통

스위스 융프라우의 찬란한 광경
고산병이 아무리 방해해도
잊을 수 없는 기억 속의 여행이다

정자에 앉아

장자 산에
산책 나온
정자에 앉았다

미리 나온 산새들
까불대는
이야기가 밉지 않은 곳

뜬 구름 같은 바람
쉴 새 없이 재잘대는 귓가에
시골 고향 들어선다

하양 띠
노랑 띠
허리에 두르고 날아다니며
시를 쓰는 나비 따라
정자를 벗 삼아 고향 읽는다

연꽃이 된다

흙탕물 속에서
고요히
고요히 밤을 지새우고

자비로 내어 놓은
색색의 아름다움
꽃잎 속까지 맑고 향기롭다

고통과 번뇌를 가슴으로 안아
연분홍 곱게 물든 꽃잎 가득히
미소 젖은 칠월의 유호연지

인내로 버티는 한 송이 꽃
내 마음 고이 담아
연꽃은 내가 되고 나는 연꽃이 된다

이산가족

생사도 모르고 살아온 지난 세월
빛바랜 사진 한 장 가슴에 품은 노인이
눈이 닮은 한 노인을 바라본다

어린 아들의 동그란 미소
한 시도 잊어본 적 없는
육십 년의 세월이 주마등처럼 스친다

늙어버린 아버지는
자신보다 더 늙어버린 아들의
주름진 뺨을 매만지며 눈물 흘린다

짧은 만남 그리고 긴 기다림
기쁨과 슬픔이 교차하는
그곳에 뜨거운 침묵만이 흐른다

부처님 오신 날

부처님 관욕*시키며
맑은 물로
영혼을 정화한다

절간 부엌에서 한 주걱씩
밥을 퍼주며
자비慈悲를 깨닫는다

공양그릇을
물로 씻어내며
무명*無明에서 벗어난다

중생이 머물다 간 자리를
걸레질 하며
나는 오늘 하루 부처가 된다

*관욕 : 목욕
*무명 : 잘못된 의견이나 집착 때문에 진리를 깨닫지 못하는 마음

복주머니

새 옷 입고 어머니 손잡고
친척집에
세배 다니던 어린 시절

빨간 복주머니에
볼록하게 채워지던 행복
몇 번이나 만져보며 좋아하던 설날

몇 십 년 지난 후
고속도로에 차들이 줄지어 있어도
즐거움은 먼저 고향에 가 있다

이제 어머니 곁에 가서
복주머니를 채워 드리려하나
어머니는 멀리 떠나셨다

그리움 한 아름 안고 산소에 간다

가을맞이

뜨겁고 지칠 줄 모르는 날씨
좀처럼 내리지 않는 비
여름은 말라 갔다

뚝 그쳐버린 매미소리
시원한 바람 속으로
사라져 버렸다

어느 새

기별 없이 온 가을바람에
하늘거리는 코스모스
수줍게 웃고 있다

풍성한 계절은 먼 길 걸어와서
들녘에 잠시 쉬어갈 때
나는 기쁨으로 마중나간다

농가 체험

경남 의령의 한 농가
모여든 이들의 눈이
호기심으로 가득하다

서로 밀고 당기고
그 속에 정이 스며들어
하얀 마음이 보인다

반복하는 행동에
실타래처럼 뽀얗게 늘어나는 엿
참으로 단백하다

편한 길이 좋아서 쉽게 가지만
300년을 지켜온 전통의 길
시골의 그윽한 향내가 깊다

강정도 만들고 고추장도 만들어
전통막걸리 한 잔을 곁들이면
지상의 낙원처럼 마음이 즐겁다

장맛비

억수같이 쏟아지는 비
그쳤다가 내리고
반복하는 성질이 바람 같다

브레이크가 고장인지
상냥했다가 화냈다가
딸의 마음에 장맛비가 내리나보다

엄마와 딸 사이
한 없이 가깝다가 토라지고
종잡을 수 없는 마음

달래다가 내버려두다가
그러면서 정드는 게
부모 자식 사이겠지

장마가 그치는 날
맑게 갠 하늘 너머
딸의 웃는 얼굴을 그려본다

갈매기

하얀 몸빛 드러내며
육지로
날갯짓 한다

물고기는 본 체 만 체
사람 가까이로
모여든다

과자 부스러기 맛보느라
손 위에 앉아
정신이 없다

갈매기야
푸른 파도 위를 가르던
위풍당당함은 어디 두고 왔느냐

불어버린 몸뚱이에 변해버린 입맛
다가오는 불행을
아는지 모르는지 걱정이 된다

단비가 내린다

이른 봄
잦은 비에 꽃잎 떨어질까
가슴 졸이던 때가
엊그제 같건만

이젠
모두가 애타게
기다리는 비

비가 내린다
단비가 내린다

맘 속 깊이 타들어가던 갈증
물소리에 언어조차 부드럽게 흘러나오고
시들어 가는 상추 잎, 깻잎
파릇하게 피어나는 웃음소리에
꽃들이 활짝 꽃잎을 연다

생기를 돌게 하는 단비
창밖에 기쁨이 내리고
노래가 내린다

눈 위에 핀 연꽃

어둠이 채 가시지 않은 새벽
가녀린 여승들의
경 읽는 소리가 도량을 가득 메운다

밤새 내린 흰 눈 위로
세상먼지 다 밟은 내 발자국
차마 내딛기가 두렵다

한 발자국
두 발자국
세 발자국
네 발자국
다섯 발자국
여섯 발자국
일곱 발자국

어느새 오욕* 칠정이 사라지고
눈밭 위에

일곱 개의 연꽃이 피었다

안동 하회마을

기와집과 초가집이 어우러진
풍경 사이로
모락모락 피어오르는 연기

아궁이 밥 짓는 냄새가
마을 가득 퍼지면
누군가 빼꼼 얼굴을 내민다

각시탈과 할미탈
양반탈과 이매탈*
초랭이탈과 백정탈

어느새 석양 위로
함박웃음 짓는
하회탈이 걸려 있다

*이매탈 하인탈

동행

광안대교 위에
하얀 달이 걸리면
친구와 함께 걷는다

비가 오고
바람이 불어도
하루도 어김이 없다

소곤소곤 수다가
밤바다 위에 파도를 타고
달빛도 따라와 함께 걷는다

희뿌연 안개가 길을 막아도
등 뒤에서 불어오는
시원한 바닷바람

고된 하루는 위로로 가득하다

제 4 부

말 한마디에

내가 뿌린 씨앗이 자라고 있다

미안해
말 한 마디에
땅을 뚫고 솟아나오고

고마워
말 한 마디에
있는 힘껏 잎을 틔우고

사랑해
말 한 마디에
하늘 향해 줄기를 뻗는다

잎으로
줄기로
온갖 색깔의 꽃을 피운다

아버지와 술

호롱불 아래 책 읽던 소녀
어디선가 들려오는 목소리에
귀를 기울인다

초로 같은 인생
초로 같은 인생
거나한 취객의 노래가 담장을 넘는다

풀잎에 맺힌 이슬 같은 인생
아직도 그 소리 뇌리에 남아
소녀는 시에서 길을 걷는다

산소 가던 날

부모님 계신 산소에 갔다
지난여름 무성하게 자란 풀
낫으로 베고 잡초를 뽑으니
머리 깎은 뫼 등이 봉긋이 솟아올랐다
늙으신 아버님 이발소에 모셔다 드린 것처럼
마음이 다 후련하다
자식들 다녀간 흔적 따라
울긋불긋 피어난 조화
소주 한 잔 부어 절을 올리니
꽃으로 치장한 뫼 등 위로 노을이 걸린다
부모님 생전 전해드리지 못한 꽃다발 앞에서
불효녀는 조용히 눈물 훔친다
그리운 어머니, 아련한 아버지
어느새 뫼 등 위로 달빛만 서성인다

태풍이 지나간 자리

파란 하늘에 먹구름
두 가지 하늘빛에
마음 졸인다

잔잔했던 바다 위
높은 파도 휘몰아쳐
콘크리트 벽을 넘어트린다

공포의 물 도가니
진흙탕이 된 도시는
어지럼증에 빠졌다

현기증에 하늘을 올려다보니
언제 그랬냐는 듯
맑게 갠 하늘이 얄밉기조차 하다

빼앗긴 재산과 인명
상처는 오랜 세월 지나도
떠나지 못할 가슴만 타고 있다

정치
―뱀의 위장술

추우면 숨었다가
언제 숨었냐는 듯
쳐드는 머리

팔다리 없이
배로만 기는
얍샵한 몸뚱아리

바위틈에 웅크리고 있다가
여름 한 철
독기 가득 품고 세상 밖으로 나온다

언어의 위장술로
혀를 날름거리는 너는
언제 그 허물을 벗을 것이냐

소녀상

차가운 거리
거센 바람이 몰아쳐도
소녀는 춥지 않다

빨간 털모자
포근한 털옷
단정하게 놓인 털장갑까지

행여 추울까
소녀의 곁을 맴도는 사람들
따스한 마음이 거리를 녹인다

어느새 피멍으로 얼룩진
소녀의 가슴이
순결하고 여린 시절로 되돌아간다

그렇게 백발의 할머니는
영원한 소녀의 모습으로
영사관 앞에 망부석이 되었다

유기견

추위와 배고픔
뱃가죽은 등에 붙고
하얀 털은 검게 물들었다

절뚝이는 다리는
주인을 찾아
이리 저리 헤매고 다닌다

양심을 져버린
잔인한 짐승은
인간이라는 가죽을 썼다

잠 못 드는 밤거리
내동댕이친 양심은
쓰레기가 되어 흩날리고 있다

돌탑

탐욕의 굴레를 벗고
모처럼 쌓아 올린 마음
파문을 일게 하지 마세요

할퀸 상처에
쓰라린 고통에도
자비慈悲를 베푸세요

불보佛寶의 눈으로
법보法寶의 마음으로
승보僧寶의 몸가짐으로

불법승 삼보佛法僧三寶에 귀의하는
해탈解脫의 길을
조용히 걸어가리라

다 지나가리라

젊은 날에는
꽃처럼
새처럼
맑고 푸르게 살리라
노래 불렀다

살다보니
욕심이 끝없이 차오르고
고난과 외로움으로
멍울진 가슴
스스로 내리쳤다가
불을 질렀다가
쓰다듬었다가
헤아릴 수 없는 늪이 되었다

세월은 그냥 먹는 것이 아니다
참고 견디기를 반복하며
저도 달래고
나도 달래고
그렇게 지나가리라

다 지나가리라

일탈

다섯 시간 비행
구름처럼
지나간다

친구 일곱 제각각
무지개 꿈꾸며
카메라 셔터를 연신 누른다

허기진 배를
끝나지 않은 이야기로
채우려나 보다

훌쩍 떠난 일탈
저마다의 가슴에
목련꽃이 피었다

노모의 피서

올해도 어김없이 찾아온
한여름 무더위
백발 노모를 뜨겁게 달군다

기억이 어렴풋이
안개처럼 사라질까봐
부지런히 걷고 또 걷는다

구순의 노모에게는
하루하루가 찰나 같은 인생
단 한 시간도 귀한 순간이다

아들 내외와 함께 하는 피서
계곡물에 발 담그니
신선이 된 듯하다

그 때 그 교정

교정을 둘러싼 아름드리나무
수 십 년 세월이 지나도
그 자리에 여전한데

나무 아래 뛰놀던 소녀
까만 단발머리 위에
어느새 서리가 내렸다

빼곡했던 책걸상은 온데간데없고
전교생이 사십 명 남짓한
작은 교정

개교 100주년 기념 시비를
낭송하는 아이들은
시인의 꿈을 키우고

할머니 시인이 된 선배님은
새까맣게 어린 후배들을 보며
그 때의 소녀로 되돌아간다

미케 해변에서

오랜 전쟁
폐허 된 아픔 딛고 일어서려고
오토바이는 오늘도 달린다

끝없이 넓은 미케*해변
영흥사 해수관음보살님은
전사한 영혼들을 어루만져주고

쉼 없이 밀려온 파도
전쟁의 상흔을 씻어버리고
모래 위 관광객들의 발자국만 분주하다

인구의 삼분의 이가 젊은이
그들의 깊은 눈 속에
베트남의 미래가 펼쳐진다

*미케 해변 베트남 다낭에 위치한 5km가 넘는 긴 해안

철거 현장

불 꺼진 빈 집들은
주변을 모두 허물고
인기척조차 뜸하게 만든다

베란다 창문에도
찬바람만 들어왔다 나가버리고
오래된 거목들조차 힘없이 누워 있다

텅 빈 건물에
끝까지 버티고 있는 애절함
오갈 데 없는 슬픔만 불빛처럼 새어 나온다

새롭게 태어나고 싶은 욕망
언덕마다 폐허를 뒤지고
벽을 허무는 기계소리만 시끄럽다

유기농 사과

저 멀리 과수원에
주먹만 한 사과들이
주렁주렁 열렸다

가까이서 보니
움푹 팬 사과들이
위태롭게 매달려 있다

여름내 내린 비에
농약 씻겨 내려가자
벌레들이 한입씩 나눠먹었나 보다

모양이 일그러져
차마 손이 가지 않는 사과
그 속에 건강한 생명력이 숨 쉬고 있다

야경

한낮의 열기가
파도를 더욱 성나게 한다

하늘 향해
솟아오른 빌딩숲
턱 밑까지 차오른다

어느새
칠흑 같은 어둠이
성난 파도를 잠재우면

저마다의 사연을 가진 빌딩숲
반짝이는 불빛 되어
한 폭의 야경이 된다

제 5 부

수제비

또닥또닥
양철지붕에
비가 내린다

옹기종기
모여 앉은
배고픈 칠남매

어머님의 옛이야기 함께 반죽 해
얇게 빚은
밀가루 뚝뚝 떼어내

슬픔도 설움도
퐁당 퐁당
무쇠 솥에 들어간다

엄마와 함께 만든
잘 익은
수제비

비 오는 날이면
아련한 추억이
내 곁에 온다

간절한 마음

이른 아침 녹즙기가 앓는다
암세포도 놀라
전투 준비를 한다

녹즙기 속의 푸른 잎들
담관까지 막아버린 암세포가
겁에 질린다

의사마저 백기를 든
전쟁이지만
반드시 승리하기를

아침마다
매달리며 기도하는
딸의 마음 간절하다

문경새재

거친 숨 몰아쉬며
첩첩산중
한 세대의 고개를 넘고 있다

옛 선비들이 금의환향 꿈꾸며
넘나들던 고개는
역사의 뒤안길에 서 있다

먹과 벼루
그리고 붓은
봇짐 속에서 이미 질식 상태다

구불구불한 고갯길
합격과 낙방이 엇갈리던 교차점에는
등산객들의 그림자만 스칠 뿐이다

숲 그늘 그 자리

연둣빛 오월의 끝자락을 붙들고
숲 그늘 아래
구순의 어머니와 함께 쉬어가는 하루

지난해 머문 자리
올 해도 변함없는
그 자리

계곡의 물소리
뻐꾹새 우는 소리
은은하게 들려오는 아름다운 곳

어머니와 함께라면
그 자리가
꽃자리

언젠가
그리움 남기고 갈 이 곳
언제나 변함없이 반겨줄 그 자리

그대 그리고 바다

투명한 초록빛 바다
내 마음을 들여다보는
그대 눈동자입니다

갯바람 타고 흩날리는 바다 향
코끝에서 가슴 속까지 시원해지는
그대 향기입니다

아련히 떠오르는 지난 날
그리운 바다에서
그대 따스한 품속을 느낍니다

진주 목걸이

바다가 그리워 목에 걸고
파도소리 들으며
해변을 걸어 본다

단단한 껍질 속에서
오랜 세월
모나지 않고 지켜온 우윳빛 미소

사랑
인내
그리움이 한 알 한 알 영글었다

화려하진 않아도
고귀하게 빛나는
노력의 결실

청도 소싸움

꿈쩍도 않지만 우직한 성품이 든든하다

한정된 둥근 모래 장에 갇혀버린 자유
부라리는 눈동자의 증오에
대항조차 못 한 용기가 서글프다

차라리 이기지 못할 싸움이라면
뛰어들지 않는 현명함을
소싸움에서 배운다

승패를 가리는
마지막은 허망한 줄 알지만
욕망을 채우려는 인간들이 잔인할 뿐이다

전신을 바친 승자의 왕관이
무엇에 필요한 지
패자의 피투성이 울음만 귓전을 울린다

비 오는 날이면

비 오는 날이면
무릎 뼈 뚜두둑
세월이 무겁다

휘어진 허리
어머니의 통증이
고스란히 전해진다

하늘도 서러워
슬픔으로 젖어들었던
마지막 이별

장대 같은 빗속에
가신 어머니
당신의 빈자리가 그립습니다

발의 고통

구불구불한 길
울퉁불퉁한 자갈 위를
쉼 없이 걷고 또 걷는다

지친 발가락에 세월이 붙어
구부러지고 튀어나와
쓰라림에 고통스럽다

때로는 발도 들여 놓기 어려운
비좁은 길이었고
신발을 벗고 걸어야 하는 길도 있다

이제 단단하게 굳은살로
아픔도 잊은 채
걸어야 할 길을 묵묵히 걷고 있다

시의 산책

출근길 지하철 역
스치듯 지나가는 시에선
인스턴트커피 맛이 난다

공해와 소음 속에
노숙하던 시는
어느새 향을 잃고 말았다

폭포로 향하는 길
나무 사이사이에 내걸린 시에선
은은한 차향이 난다

푸른 숲과 신선한 공기
산책 나온 시가
발길을 머물게 한다

신록별장

푸른 숲 속 바위에
걸터앉아 있노라니
흐르는 계곡이 운율을 읊는다

하늘 위 떠가는 구름
눈길로 쫓아가니
어느새 시가 되어 흘러간다

도란도란
시인들의 대화가
신록별장 위에 살포시 내려앉으면

어느새 따라온 산장 고양이
청중 되어
귀를 기울인다

은하수

평상에 누워 별을 센다

밤이 점점 어두워질수록
별빛은 더 환하게 빛나고
내 마음은 갈수록 뜨겁게 타오른다

별 하나 내 가슴에 품고
또 하나 네 가슴에 안기고
우리의 이야기가 은하수를 이룬다

별 헤던 밤
그 여름밤의 은하수는
메마른 대지를 적셔주었다

부디 기도여

세월을 삭이기까지
외롭게 살아온 그녀
세상은
한순간도 가만 두지 않고
인내로 담금질 하게 했다
병마와의 싸움
오해와의 다툼
갈등의 씨앗은 수시로 뿌려졌다
그러나
진실은 변하지 않고
그대로 살아 있는 것
기도여
부디 기도여
그녀를 살게 해 주소서

방생

간혀 있는 괴로움은 생각도 무디게 한다

하늘 향해 날고 싶은 충동
넓은 바다를 마음껏 헤엄쳐 다니고 싶은 욕망
어느 것 하나 버릴 게 없다

욕망은 자유의 무릎을 쳐서
넘어뜨려도 다시 일어나는 힘
어디에서 나올까

먹고 먹히는 자연의 이치는
생존 경쟁을 부추기지만
절제하며 사는 불자의 마음 쓰다듬는다

물고기를 방생하고 돌아오는 길
자유를 얻은 기쁨을 느끼며
마음이 한결 가볍다

푸른 바다에 그리움을 방생하는 마음

– 이복심 시집 『그리움을 품은 바다』를 읽고

최원철 (부산대 명예교수, 시인, 수필가)

이복심 시인은 항상 깨끗한 정성을 가지고 있는 여류시인이다. 이 시인이 필자에게 제2차 시집 『그리움을 품은 바다』에 대한 시평을 부탁해왔을 때 조금은 망설였다. 평론가가 아닌 필자가 어떻게 시평을 할 수 있을까 하는 걱정이었다. 그래도 부탁을 받았으니 여태까지 시를 공부해오는 입장에서 이복심 시인에게 시평보다는 '내가 본 이복심 시인'이라는 제목으로 옆에서 바라보는 입장에서 써도 된다는 양해를 구해 글을 쓰게 되었다.

철썩이는 파도소리가 들리는 바다, 부산에서 이복심 시인이 산다. 이 시인은 바다에서 그리움과 사랑의 삶을 엮어 시詩를 건져내고 있다. 시인은 바다를 향해 마음을 열고 마치 파도처럼 밀려오는 찬란한 삶을 받아들이며 파도가 흩어져 나가는 듯 공허함 속에서는 그리움을 낚는다.

시인은 「그리움을 품은 바다」에서 "그리움은 넓은 가슴을 가지고 있다"고 했다. 그 넓은 그리움을 품고 있는 바다의 품은 더 큰 것으로 느끼고 있는 것이다. 햇빛 내리는 아름다운 해변에 그는 시詩와 함께 걷고 있다.

시와 함께 걷는다는 것은 "지친 발가락에 세월이 붙어 구부러지고 튀어나와 쓰라림과 아픔이 더"할지도 모른다. "때로는 발도 들여 놓기 어려운 비좁은 길이었고 신발을 벗고 걸어야 하는 길"도 있었을 것이다. (발가락에 붙은 세월 中)

왜냐하면 이복심 시인은 사회에서 일어나는 약자를 위한 봉사를 하기 때문에 더더욱 「발가락에 붙은 세월」이 가슴에 와 닿는다.

이복심 시인은 많은 시에서 바다를 보는 눈이 넓은 바다를 바라보고 스스로 바다 같은 마음을 가지려 노력한다. 그래서 그는 사찰에서 10년이 넘게 매월 1회 이상 점심공양으로 참선하는 마음으로 봉사를 하였던 것이다. 그의 시편 「태풍이 지나간 자리」에서 일어나는 현상을 오늘 날의 사회의 어두운 곳을 바라보듯이 지적한다.

빼앗긴 재산과 인명

상처는 오랜 세월 지나도
떠나지 못할 가슴만 타고 있다

– 「태풍이 지나간 자리」의 일부분

　빼앗긴 자의 마음은 아무리 오랜 세월 흘러도
그 상처를 치유하기는 매우 어려운 것이다. 그래
서 아쉬움과 그리움을 가진 마음은 쉽게 그 곳을
떠나지 못하고 가슴만 애태우고 있는 것을 엿볼
수 있다. 그러므로 시인은 불심으로 삶을 다스리
고 있는 것이다. 그의 삶의 원천을 불심과 바다의
서정에서 찾을 수 있다고 해도 과언이 아닐 것이
다. 또한 태풍이 일어나는 바다를 마음으로 다룰
줄도 안다. 이 시인은 아래와 같이 말을 잇는다.

더 이상 화나게 해서는 안 된다
많은 것을 안겨주고
도로 거둬버린 바다

감사의 마음으로
무엇이든 품을 수 있어야
반란은 멈출 것이다

–「바다의 반란」의 일부분

그뿐만 아니라 이 시인은 적은 나이가 아닌데도 불구하고 끊임없이 봉사를 하기 위해 한국노인놀이치료자격을 취득하여 복지관에서 어르신들을 보살피고 있다. 이 시인의 모든 재능을 약한 사람들에게 보시布施하는 것이다.

이 시인은 몹시 바쁘다. 심리상담사가 되어 어느 여성회관에서 월 2~3회 무료상담전화로 봉사하는가 하면 여성단체에서 20여 년간 봉사활동을 전개하고 있다. 실로 귀감이 되는 시인이다. 그래서 그의 시편에서 "이제 단단하게 굳은살로 아픔도 잊은 채 걸어야 할 길을 묵묵히 걷고 있다."라고 고백을 한다.

나는 이복심 시인의 부지런함으로 남을 위해 봉사하는 모습이 참 좋다. 예순의 나이에도 자신의 의지를 가지고 노력하는 삶이 아름다운 것이다. 그는 그리움 속에서 늘 자신의 지난날을 돌보고 그 추억을 되새긴다. 많은 시간이 흘렀는데도 추억을 현실화 시키는 모습이 예사롭지 않다. 옛날 어린 시절 오빠와 해변에서 뛰놀던 일들 속에서 그리움을 찾아 나선다.

바다에 떠 있는 작은 섬
새까맣게 그을리며 놀던 추억이

해변에 묻어 있다

고동, 게, 따개비를 따느라
다리에 소금 꽃이 핀 소녀
하얀 물살 가르며 다가오는
오빠와 손잡고 집으로 오던 해변

해지는 줄 모르고
소복한 바구니에
신바람도 담아 즐기던 때가 그립다

욕심 없던 소녀의 바다는
지금도 잔잔하게 밀려오는데
노을진 그 섬 바라보며 그리움에 잠긴다

– 「추억」의 전문

이복심 시인의 시들은 참으로 서정적이다. 어린 소녀 적 마음을 그대로 지니고 있는 분이다. 결코 어리다는 것이 아니라 시적 마음은 늙으면 항상 젊음에서 살아야한다. 그는 "바다에 떠 있는 작은 섬"에서 진종일 "새까맣게 그을리며 놀던 추억이 해변에 묻어 있다"고 했다. "해지는 줄 모르고" 깨끗하게 살아왔던 것이다. 지금 예순의 나이에서 되돌아 볼 때 그 자신을 이렇게 추억으로 그리워하고 있다. "욕심 없던 소녀의 바다는/지금도 잔잔하게 밀려오는데/노을 진 그 섬 바라보며 그리움에 잠긴다"라고 노래하고 있는 것이다.

그래서 이 시인은 바다를 그리움으로 정의를 내린다. 즉 '그리움을 품은 바다'로...

그리움은 넓은 가슴을 가지고 있다

아침 햇살 내리면
안아주는 깊은 마음
반짝이는 윤슬로 잔잔하게 미소 짓는 너

노을이 붉게 타오르면
감싸주고 싶은 저녁 하늘은
온통 오렌지빛 그리움으로 물든다

너를 둘러싼
불빛들이 찬란하지만
달빛 하나만으로 충분히 아름다운 너

어떠한 물음에도 침묵하는
깊이를 알 수 없는 가슴 속에

너는 그리움을 품고 있다

「그리움을 품은 바다」가 이 시편들 가운데 가장 중심 되는 시다. 즉 이복심 시인의 마음이다. 첫 연에서 "그리움은 넓은 가슴을 가지고 있다"라고 했지만, 바다가 더 넓은 가슴으로 '그리움의 넓은 가슴'을 포용하고 있는 것이다. "아침 햇살 내리면/안아주는 깊은 마음"이 이복심 시인이 어머니로서 자식을 품에 안고 키워가는 모습처럼 형상화되기도 한다. 그래서 지금 이 적지 않는 나이가 되어 그는 이렇게 말한다. "노을이 붉게 타오르면/감싸주고 싶은 저녁 하늘은/온통 오렌지빛 그리움으로 물든다"

이 시인은 그리움으로 물드는 것이다. 이제 시인은 바다가 무엇인가를 독자에게 말한다. "어떤 한 물음에도 침묵하는/깊이를 알 수 없는 가슴 속에/ 너는 그리움을 품고 있다"고 섬세하고 깊이 있는 뜻을 가지는 시인의 모습을 가졌다.

이복심 시인이 시인으로써 걸어오는 길에 곳곳이 그리움이 선명하다. 그 선명한 그리움은 어릴 때부터 자라온 바다가 있었기 때문이다. 그리움으로 통한 외로움도 있겠지만 그 속에는 진실 된 사랑이 있는 것이다. 시인이 가슴에 품고 있는 그리움마저 마지막에는 불자의 마음으로 그리움을 자신의 마음으로부터 방생을 한다.

갇혀 있는 괴로움은 생각도 무디게 한다

하늘 향해 날고 싶은 충동
넓은 바다를 마음껏 헤엄쳐 다니고 싶은 욕망
어느 것 하나 버릴 게 없다

욕망은 자유의 무릎을 쳐서
넘어뜨려도 다시 일어나는 힘
어디에서 나올까

먹고 먹히는 자연의 이치는
생존 경쟁을 부추기지만
절제하며 사는 불자의 마음 쓰다듬는다

물고기를 방생하고 돌아오는 길
자유를 얻은 기쁨을 느끼며
마음이 한결 가볍다

　　　　　　　　　　　－「방생」의 전문

이복심 시인이 가지는 시적 마음은 시로서 충만하다. "하늘 향해 날고 싶은 충동"이며 "넓은 바다를 마음껏 헤엄쳐 다니고 싶은 욕망/어느 것하나 버릴 것 없다" 이러한 욕망들은 "절제하며 사는 불자의 마음"으로 "물고기를 방생하고 돌아오는 길/자유를 얻은 기쁨을 느끼며/마음이 한결" 가벼워지는 것이다. 그렇다, 이 시인은 물고기를 방생하듯이 마음의 욕망들을 방생해 버리니 "마음이 한결" 가벼워질 수밖에 없다.